PETER ROSEGGER   DAS DASEIN IST KÖSTLICH

PETER ROSEGGER

Das Dasein ist köstlich

SINNSPRÜCHE

MIT 53 HOLZSCHNITTEN VON
ERNST VON DOMBROWSKI

RUDOLF SCHNEIDER VERLAG
MÜNCHEN

ISBN 3-7955-0024-9

Rudolf Schneider Verlag München
Lizenz des L. Staakmann Verlages München
Druck: Gugath & Sohn München

VORWORT

Dieser Band »Sinnsprüche und Holzschnitte« will als eine Art Rosegger-Stundenbuch betrachtet sein, spricht doch daraus nicht nur der Verfasser entschwundener liebenswürdiger Lebensbilder zu uns, sondern auch der leidenschaftliche Mahner und nimmermüde Kämpfer für die Menschenrechte, der überzeugte Friedensapostel und der gleichsam zum Weltschulmeister gewordene Volkserzieher. Gerade der große Mensch Rosegger, der Lebensbejaher und Eigenpersönliche, der den Zeitgenossen – wie etwa dem Jenaer Philosophen Rudolf Eucken – »in seinem lauteren Menschentum ein leuchtendes Vorbild war« und geradezu als Maßstab menschlichen Wertes überhaupt galt, hat auch uns Heutigen noch viel zu sagen und zu geben.

Der Sammlung liegt die 40bändige Ausgabe letzter Hand und Peter Roseggers Monatsschrift »Heimgarten« zugrunde; die ausgewählten inhaltsreichen Aussprüche entstammen also einer mehr als vier Jahrzehnte umspannenden Schaffenszeit. Unter den hier wiedergegebenen Rosegger-Worten scheinen einige bei prüfender Gegenüberstellung einander zu widersprechen, doch braucht deshalb noch nicht jene

gewichtige Entschuldigung bemüht werden, die C. F. Meyer seinem Hutten in den Mund legt: »Ich bin kein ausgeklügelt Buch, ich bin ein Mensch mit seinem Widerspruch!« Wem der Hinweis auf den bisweilen großen zeitlichen Entstehungsabstand nicht genügen sollte, der wird für diese fallweise Gegensätzlichkeit der Meinungen Roseggers bei ihm selbst Erklärungen finden, etwa in dem Ausspruch: »Je einseitiger, engherziger ein Standpunkt ist, je fester läßt sich das Gedankengebäude fügen zu einem starken Haus, in welchem alle Winkel unter einem Dache sind.«
Der Leser wird auch manchen bekannten und schon früher ausgesprochenen Gedankengängen begegnen, die aber doch ganz und gar als Rosegger zugehörig empfunden werden, weil sie in eine neue, in s e i n e eigentümliche Form gekleidet sind.
Wenn diese Arbeit mithelfen kann, daß Peter Rosegger, der große Sohn der Steiermark, bei uns lebendig bleibt, hat sie ihren Sinn erfüllt.
Professor Ernst von Dombrowski, von dem die Holzschnitte dieses Bandes stammen, ist ebenfalls der Steiermark, in der er aufwuchs und den größten Teil seines Lebens verbrachte, zugehörig. Geboren wurde er am 12. 9. 1896 in Emmersdorf an der Donau und wohnhaft ist er jetzt in Siegsdorf in Oberbayern, aber »im Herzen« ist er, wie er schreibt und wie die Holzschnitte zeigen, ein Steirer geblieben.

Im Roseggerhaus zu Krieglach, Juli 1969

Charlotte Anderle

Die im Verlag L. Staackmann, Leipzig (jetzt München), in den Jahren 1913–16 erschienene Ausgabe letzter Hand der hier benützten Werke Peter Roseggers enthält die Bände:

Die Schriften des Waldschulmeisters	1
Das Buch der Novellen	2, 24, 32
Die Älpler	3
Heidepeters Gabriel	4
Alpensommer	5
Sonnenschein	6
Nixnutzig Volk	7
Der Gottsucher	8
Am Tage des Gerichts und Mein Lied	9
Abelsberger Chronik	10
Waldheimat	11,13,16,20
Jakob der Letzte	12
Volksleben in Steiermark	14
Martin der Mann	15
Der Schelm aus den Alpen	17
Dorfsünder	18
Peter Mayr	19
Das ewige Licht	21
Der Höllbart	22
Sonderlinge	23
Erdsegen	25
Geschichten aus Steiermark	26
Auf fremden Straßen	27
Das Sünderglöckl	28
Weltgift	29
Höhenfeuer	30
Die Försterbuben	31
Heimgärtners Tagebuch	33
Mein Himmelreich	34
Die beiden Hänse	35
Gute Kameraden	36
Das Buch von den Kleinen	37
I.N.R.I.	38
Mein Weltleben	39, 40

Die Zahl hinter den Sinnsprüchen bedeutet die Bandnummer der obigen Gesamtausgabe.

A HOAMATL

I

Die Natur ist weniger eine nüchterne Arbeiterin als eine Künstlerin. 37

Der Fichtenbaum weiß nichts von Gott und wächst doch dem Himmel zu. 25

Eine Gegend, die kein Wasserrauschen hat, ist eine taubstumme Person. 34

Einem, der das Althergebrachte nicht ehrt, bezweifle ich die Treue. 33

Wenn sich die Welt zerstört, so fängt es so an: die Menschen werden zuerst treulos gegen die Heimat, treulos gegen die Vorfahren, treulos gegen das Vaterland. Sie werden dann treulos gegen die guten Sitten, gegen den Nächsten, gegen das Weib und gegen das Kind. 12

Wer sich nicht mit seinen zwei Händen das Brot aus dem Boden gräbt, für den müssen es zwei andere tun. 30

Zur Selbsterkenntnis und rechten Weltauffassung ist es heilsam, wenn man einmal außerhalb seines gewohnten Lebenskreises steht und in der Studierstube der Natureinsamkeit einmal nachdenkt. 32

Dieselbe, ewig menschliche Spur verzehrende, reinigende Kraft wie im Walde, wie in der Luft ist auch im Meere. Nichts, gar nichts haben die Geschlechter dem Meere anhaben können, es ist heute wie es vor dem Menschen war. 27

Man kann die Zeit festhalten, wenn man sie in Tat umsetzt. In der Gestalt eines geschaffenen Werkes umgibt die Zeit des Großvaters noch den Enkel. 29

Naturschönheit ist eine Sache, die nicht so obenauf liegt, die erst entdeckt werden muß. Das Sinnliche allein ist dazu nicht genug, ein wenig Sinnen gehört auch dazu. 21

Nichts Nervenerfrischenderes weiß ich, als in weißer Winterdämmerung so dahinzuwandern im wirbelnden Geflocke. Es ist Natur, die gleichsam vom Himmel fällt, so still und rein, wie es nichts Reineres gibt auf Erden. 21

Im Hochgebirge streift sich der kleine persönliche Egoismus ab; auf dem Meere löst sich auch der große nationale auf – das Herz weitet sich kosmopolitisch, befreit sich. 27

Es ist kein Band, es ist kein Verstehen und kein Mitleiden der Natur mit dem Menschen. Jedes Wesen ist für sich allein; danklos entsteht's, lieblos genießt's, treulos vergeht's. 12

Für ein' jeden Menschen hat der Herrgott wo a Hoamatl baut und an Korb voll guat Soch hingestellt – oba suachn muaß ma's selber. 24

Es lebt sich in der Köhlerhütte eigentlich auch nicht viel schlechter als anderswo, wenn man gesund ist und an sich selber einen guten Kameraden hat. 5

Heimweh ist die dämonische Macht, die schon manchen aus besseren Gegenden in die Leiden und das Elend der Heimat zurückgezogen hat. 8

Ja, man soll die Fremde kennen lernen, aber früher noch die Heimat, man soll soviel als möglich sehen, aber vor allem sein eigenes Vaterland; und wer die Fremde besser kennt als seine Heimat, in der er lebt, der wird aufgeblasen, verschroben und manchmal dumm. 5

Im engen Kreise, im Hause, wird der Deutsche groß und edel. 33

Wer den Bauer Wahrheit lehren will, der darf nicht auf dem Katheder, er muß auf dem Dunghaufen stehen. 35

Die Wohnungen des Volkes sind eine Verkörperung seiner Seele. 26

Wer sich wie der Bauer an die Natur hält, der kann wohl roh, sinnlich und eigennützig sein, nie aber in solcher Weise abirren von den gesunden Wegen, als es den Leuten im Bereiche der Überkultur möglich ist und geschieht. 12

Bauern haben keine Ahnung davon, was in der Welt geschenkt wird; sie meinen, es müsse alles mit der Hände Arbeit verdient werden, was verdient ist und sein will. 18

Der rohen Volksnatur tut die Schule not; der Gebildete aber soll das Natürliche, selbst das Gemeine kennen lernen, soll bisweilen untertauchen im elementaren Leben; – das lehrt ihn erst ganz, die Welt zu verstehen. 3

Zerrissen ist herrisch, geflickt ist bäurisch. 25

Trotz, Mißtrauen und Zähigkeit sind des ungeschulten Mannes natürliche Waffen. 3

Es ist etwas Heiliges, Unbegreifliches, was im Volke liegt – ein wandlungsvolles, allgestaltiges und sich doch ewig gleichbleibendes Wesen, ein mysteriöser Zug, in dem wir den Weltgeist wohl spüren, aber nicht verstehen. 3

Die Gesundheit liegt nicht rechter Hand und nicht linker Hand, sondern – geradeaus. 28

Der Bauernstand, ja das ist der alte große Adelsstand. Zuerst der Gottschöpfer und gleich unterhalb sein Handlanger, der Bauer. 25

Was dem Vater das Kind, das ist dem Bauer das grünende Kornfeld – eine zitternde Freude. 12

Es vollzieht sich eine Flucht vom Pfluge zum Hammer, vom Hammer zum Zirkel, von diesem zur Feder, zum Doktorhut. Nichts will im Staate mehr Grundstein bilden, alles will Dachgiebel sein – wäre es ein Wunder, wenn eines Tages der Bau das Übergewicht bekäme? 33

National sein heißt nur die praktische Ausübung der angeborenen und anererbten guten Eigenschaften seiner Nation in allem und jedem. 12

Ein farb- und heimatloses Deutsch ist mir zuwider. Der Wein soll eine Blume haben, in der man die Bodenständigkeit erkennt. Ein Anklang an die Mundart seines Stammes gibt dem Sprecher erst Persönlichkeit. 33

Die Nation hat als Nation gar keinen Wert, sie hat ihn nur, weil sie viele Persönlichkeiten umfaßt, die gleiche Anlagen und Bedürfnisse befriedigen wollen. 12

Nebst der Liebe für das Heimatland hat im Menschen zum Glücke auch noch eine Liebe für die ganze Welt Platz. 1

Nicht so sehr jenen Patriotismus liebe ich, der unsere Söhne auf das von Staatslenkern ausgemessene Schlachtfeld jagt und sie dort sterben heißt, als jenen, der für das Vaterland leben lehrt. 1

HEIRATEN II

Der Bräutigam soll seine Braut und der Zimmermann sein Holz sieben Jahre kennen, bevor er anhebt. 27

Ein junges Weib kann nicht lang gegen einen kühnen Mann und gegen ihr eigen Herz kämpfen. 24

Des Weibes bester Schirm ist der Mann. 5

Wenn in einem Haus Unfrieden ist, so hat der Mann daran ein Viertel schuld und das Weib drei Viertel. 17

Das Weib, es sei eine Magd oder eine Königin, opfert der Liebe alles. 15

Des Weibes Liebe ist des Mannes Dämon, so wie des Mannes Leidenschaft des Weibes Schicksal ist. 18

Edle Frauen habe ihre besondere Religion. 4

In aller Freundschaft und Liebe und Treue steht das Mutterherz obenan; das Mutterherz magst du anbeten wie die Gottheit, du begehst keine Abgötterei. 4

Ein schwarzes Weiberauge und eine Tollkirsche haben auf uns Männer manchmal die gleiche Wirkung. 23

Man soll die Weiber genau so ernst nehmen, wie man einen frischen Trunk Wassers nimmt, wenn man Durst hat. 20

Das Leben des Weibes ohne leitenden Mann ist oft eine Wahnfahrt, zwischen Irrlichtern hin und von einem zum anderen. 15

In der Geduld des Mannes ersticken die Mucken der Frau. 30

Wenn Frauen der Natur folgen, sind sie gewöhnlich stärker als der Mann, der auf dem Prinzip reitet. 24

Die Männer wollen Weiber, nicht wie sie der Schneider, sondern wie sie Gott erschaffen hat. 3

Das Weib ist eine Nuß, die man aufbeißen muß. Dem Manne Gott genad', der keine Zähne mehr hat. 9

Was auch Männer über die Frauen für eine Meinung haben mögen, ich glaube, daß sie sich in den meisten Fällen irren. 28

Ein Schnurrbart auf der weiblichen Oberlippe, und wäre es auch nur ein moralischer, gefällt uns Männern nicht. 30

Die Frauen sind gute Wesen, denn man kann sie heiraten und man kann sie auch sitzen lassen. Und noch am besten sind sie im Zustand der Schwebe zwischen Geheiratetwerden und Sitzenbleiben. Da sind sie am allertraulichsten und am allerliebsten. Pädagogisch ist es daher, diesen Zustand möglichst zu verlängern, damit die Tugenden sich befestigen können. 30

Im Beichtstuhl und im Wasser geben sich die Weiber wie sie sind. 20

Kein Geizhals büßt in der Hölle sein Geld so schwer, wie der arme Ehemann seine reiche Frau. Ihr Herz ist versilbert, kalt, hart und wechselbar. 30

Wenn die Eheleut' nichts zu streiten hätten miteinander, so müßten sie sich vor lauter Lieb' auffressen. 17

Zwischen Eheleute dränge sich kein Dritter, am wenigsten ein Fremder. 27

Im Heiraten hat man die Wahl, in der Liebe hat man keine. 25

Wenn eine Lieb' nicht so groß ist, daß sie beständig sein will, dann ist sie zu klein. 26

Das sind die seichten Naturen, in denen Liebe und Treue ebensowenig Wurzel faßt, als Haß und Groll. 30

Die Schuld an dem größten Teile des menschlichen Unglücks und Elends trägt die Liebe. Ihre Leiden sind unendlich an Mannigfaltigkeit, unbeschreiblich an Tiefe. 30

Vor der Hochzeit zeigt das Weib nur seine Etikettvignette, und wenn es dir später von seinem Inhalte einschenkt, so wirst du aus dem — Kelch trinken. 30

Man kann unter einem Dache wohnen und doch um mehr als ein Weltmeer von einander getrennt sein. 6

Schönheit ist eine Ursache der Eitelkeit, der Eifersucht und nur zu bald auch der Enttäuschung. 30

Bei Männern spricht man vom Kopf, bei Frauen vom Hut. 28

Wenn du eine heiraten willst, so denke, daß du in der einen drei Weiber heiratest: eine Ehefrau, eine Hausfrau, eine Freundin – oder auch das Gegenteil. 30

Die Frau ist nicht so sehr sinnlich und lüstern als neugierig. Hat sie fremden Zwieback gekostet, dann bleibt sie beim Hausbrot. 30

Zwischen einem Menschen zum anderen durch unergründliche Fernen ist ein gutes Kabel gelegt: die Liebe. 33

Die Frau, und wäre es die vernünftigste, handelt zumeist nur nach ihrem Temperamente. Vor diesem muß selbst das Herz schweigen. 30

Es ist leichter, alle zu lieben, als einen. Die Liebe zur ganzen Menschheit kostet gewöhnlich nichts als eine Phrase, die Liebe zum Nächsten fordert Opfer. 34

Wo die Liebe herrscht, da fallen alle Schranken, da sinken alle Hüllen der Kultur und das letzte ist, was das erste war: Adam und Eva. 24

Das Weib an der Macht pflegt sich zu entweiben und weil es kein Mann sein kann, wird es ein Tyrann. 15

Es hat mancher Mensch nur ein gewisses Quantum von Liebeswärme in sich, sobald das verpufft ist, wird er kühl und gleichgültig, wenn nicht gar mißwollend gegen seine Umgebung. 33

Ist die Frau schön allein, so wird sie einmal häßlich, aber ein gutes, treues Weib ist waschfest. 30

Die Frau wird vom Manne geleitet, der Mann vom Prinzip. 33

Das Größte, Glückseligste, was die menschliche Kultur erfunden hat, ist die Ehe, das innigste unauflösliche Beisammensein zweier Menschen verschiedenen Geschlechts, die sich gern haben. Aber auch Gräßlicheres hat die Kultur nicht erfunden, als die Möglichkeit, zwei einander nicht verstehende oder gar feindselig gesinnte Personen auf Lebelang aneinanderzufesseln. 30

Zwei Gesichter hat manches Eheweib, ein gutes für die Fremden und ein böses für daheim. 26

Der Ehestand ist am schönsten von vorne, der Brautstand von hinten. 27

Es ist ja ein Unsinn, wenn zwei gleich befähigte und gleichgesinnte Leute zusammenheiraten. Die kommen nicht weiter. Eins in eins hebt sich. Zwei Ungleiche haben eine doppelte Größe. 24

Die wahre Liebe fängt in der anderen Person an und hört in der anderen Person auf; sie ist eine Art von Nächstenliebe. 30

Wenn einer eine gern hat, da soll ihm nichts zu schwer sein. 24

Die Liebe ist das Beste, was wir haben auf dieser Erde. Und gerade aus ihr kommt unser größtes Leid. 33

Besser ein sprühendes Herz, denn ein kaltes und sprödes. 30

Wenn du hassest, meide Menschen, wenn du liebst, bleib nicht mit dir allein. 9

Das Hauptmerkmal echter Liebe ist das Mitleid. Die Sinnlichkeit fügt das Rad zusammen, das Mitleid legt den Reifen darüber. 34

Alle Liebe ist abergläubisch. 31

Wo das Leid ist, da kommt leicht auch die Liebe und der Glaube. 25

Es gibt eine Autorität, die mit sanfter Gewalt die tollen Herzen bändigt – diese Autorität heißt Liebe. 30

Was der Mensch aus Liebe fehlt, das soll man ihm nicht aufmessen. 21

Im menschlichen Kulturleben ist keine Frage so schwer zu lösen als die der Liebe. 30

Nur in der Doppelbeziehung, in welcher eines sich dem anderen zum Freudenopfer gibt, liegt die menschliche Größe der Liebesfreude. 30

Prüderie ist das untrüglichste Zeichen des moralischen Verfalls. 28

Keine Klostersatzungen sind so wirksam als harte Arbeit. 22

Leidenschaftliche Liebe ist der gefährlichste Ehewerber. 30

Es gibt Männer, die mit Furchen auf der Stirne noch ein Kind sind, wenn sie die Liebe erfaßt. 7

Es gibt gar nichts, was zwei Liebesleute näher zusammenbringt, als das, wenn sie recht weit auseinandergehen. 17

Wer sein höchstes Glück in der sinnlichen Liebe sucht, der ist furchtbar betrogen. 30

Wenn Wesen zusammenwachsen sollen, sie können es nur an blutenden Wunden. 25

Falsche Liebe fürchtet die Ehe, echte sucht sie, ja echte Liebe ist schon aus sich selbst ein im Himmel geknüpftes Band, das nur der Tod zerreißt. 30

Das verderblichste aller Modekleider ist das Feigenblatt. 28

Bei an Weib Glück habn, das kann jeder Bua, aber mit an Weib glücklich sein, da ghört viel dazua. 9

Wir können liebeln, tändeln und sündigen und eifersüchtig sein. Aber lieben? Wie Leander die Hera, wie Romeo die Julia! Dafür sind wir viel zu gut erzogen. Oder zu schlecht genährt. 25

Mit dem Prinzip von der Gerechtigkeit ist's nicht immer getan, wir alle bedürfen Rücksicht, Nachlaß, Liebe. Die Liebe ist schöpferisch, die Gerechtigkeit ist im besten Falle nur erhaltend. 23

So unterschiedlich die Menschen auch sind, aber ein Blutströpferl ist in jedem, das uns alle gleichmacht. 24

Gar manchmal ist es tapferer, geistig Mann zu sein als leiblich. 30

Es ist nicht gut für den Mann, wenn Füße und Hände immer nur dem Herzen folgen. 8

Die Leute meinen, die Freundschaft müsse in der Gleichartigkeit bestehen. Sie sind zu ungeduldig, um die schöne Wirkung abzuwarten, die aus zwei redlichen Gegensätzen hervorgehen kann. 5

Ich bin der Meinung, daß es auf anständige Weise nicht möglich ist, ohne Liebe durchs Leben zu kommen. 30

Wer weiß, ob die Liebe so viel Zuspruch hätte, wenn sie durch den Deckmantel des Schamgefühls nicht fortwährend interessant gemacht würde. 30

Seit Jahrtausenden, da die Menschheit ihr Dasein mißt, ist die Liebe gleichgeblieben, wie die Rose gleichgeblieben ist auf dem Dornstrauch der Wildnis. 24

Ein ruhiges, mildes, heiteres Temperament ist eine der ersten Bedingungen für eine glückliche Ehe. 30

Die Liebe als solche ist weder gut noch schlecht, weder schön noch häßlich. Unlauter wird sie durch Lüsternheit oder Frömmelei, unschön durch ausschließliche Sinnlichkeit. 30

Die Ehe zwischen zwei Menschen, die sich lieben, ist ein Himmel; wie soll der Himmel immer wolkenlos sein? 30

Es ist eine göttliche Gegenseitigkeit; wen man lieb hat, dem tut man Gutes, und wem man Gutes tut, den hat man noch mehr lieb. 37

Es gibt Eheleute, die ihr Glück auswärts suchen und in ihrem eigenen Hause liegt es aufgebahrt – scheintot. Auferstehen würde es durch den Ruf eines einzigen liebevollen Wortes – aber dieses Wort wird nicht gesprochen. Erst am Grabe des vorangegangenen Gatten steht die Liebe des Zurückgebliebenen auf. 33

Wenn man wen gern hat, so legt man ihm alles zum Guten aus und trifft damit meistens das Richtige. 29

Wo das Glück ist, wozu da noch Lustbarkeiten? 25

Es gibt eine Liebe und eine Treue, die man jedem zuwenden muß, mit dem der Lebensweg, wenn auch nur für kurze Zeit, zusammenführt. 30

Die Liebe ist das ewige Licht. 21

MIT KINDERN

III

Nur eine Stunde des Tages laßt mich mit Kindern tändelnd ein Kind sein. Und ich bin stark und leiste euch, was ihr begehrt. 33

Kleine Kinder steigen einem auf die Zehen, große aufs Herz. 37

Die Liebe zu Gott macht heilig, die Liebe zum Weibe macht glücklich, die Liebe zum Kinde macht selig. 37

Das Kind bedeutet nicht wenig und nicht viel, es bedeutet alles. 33

Die Kinder scheinen für einen Himmel geboren zu sein, denn ihre jungen Sinne sind eingerichtet, lediglich um zu genießen. Für diese Erde, in die sie sich denn nun doch schicken müssen, haben wir sie zu erziehen. 1

Das erste und allererste Lebenszeichen, welches in dem jungen Menschenkinde die aufkeimende Seele von sich gibt, ist die Offenbarung der Selbstliebe. Ob Menschenliebe daraus wird oder Selbstsucht, das entscheidet die Erziehung. 1

Das Kind ist ein Buch, aus dem wir lesen und in das wir schreiben sollen. 30

Erziehung ist keine Lehre, sondern ein Beispiel. 30

Eine Autorität, die kein rechtes Vorbild ist, wirkt geradezu demoralisierend, um so demoralisierender, je salbungsvoller sie sich gibt. 30

Unter Umständen ist es für manches Kind am besten, wenn es – gar nicht erzogen wird. 33

In der Jugend studiert man Erwachsene, um klug zu werden. Im späteren Leben studiert man Kinder, um glücklich zu werden. 6

Die Kinder sind die wirklichen Lehrmeister der Menschheit, besonders einer Menschheit, die sich in Unnatur zu verlieren droht. 37

Der Kinder Herzen sind wie Wachs und ein Stück Wachs läßt sich um die Finger wickeln, wenn es erwärmt wird. 11

Einen, bei dem Güte umsonst, überlasse man sich selbst. Was die milde Gewalt des Vorgesetzten nicht vermag, das vermag die Herbe des Lebens. 1

Der Grundsatz, daß die Erziehung den Eigenwillen brechen soll, ist durchaus verwerflich, er paßt für Sklaven, aber nicht für ein freies Volk. 30

Die an Kindern einmal vorhandenen Fehler soll man eher hervorlocken, als sie durch Strafen zurückschrecken, muß man sie doch genau kennen, um ihnen entgegenwirken zu können. 30

Die ganz große, reine, ernste Liebe gehört dazu, um ein Kind so zu pflegen, zu führen, zu erziehen, daß es in seinem bevorstehenden Leben für sich glücklich und für andere ein Segen werden kann. 33

In den Kindern hält uns Gott wie in einer Blumensprache ewige Wahrheiten vor Augen. 37

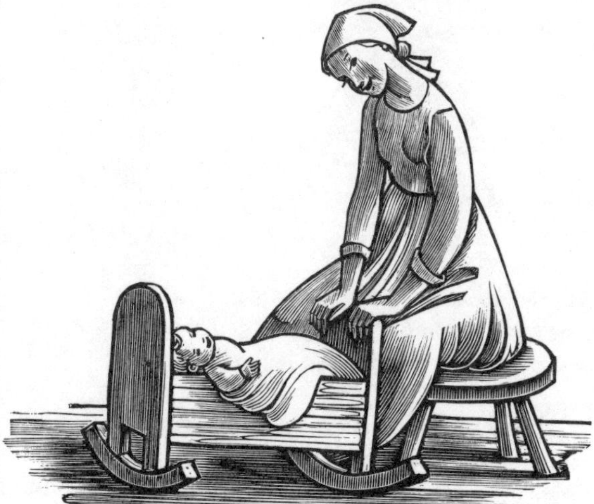

Nach unglücklichen Ereignissen, bei denen der Mensch nichts zu ändern vermag, zeige man vor Kindern nie Verzweiflung oder stumpfe Entmutigung, sondern stets den offenen Blick neuer Zuversicht. 30

Den Kindern möge Kindlichkeit und Weltvertrauen bewahrt bleiben so lange als möglich; Kindlichkeit ist der fruchtbare Boden für das Schöne, Weltvertrauen ist der fruchtbare Boden für das Gute. 1

Auf der weiten, schönen, üppigen Welt habe ich nur eine einzige kleine Stätte gefunden, wo man vor dem Pessimismus sicher ist, nur bei den Kindern. 37

Was das Kind durch die Schule aufnimmt, muß mühsam erarbeitet werden, aber die Beispiele und Anleitungen der Eltern gehen unwillkürlich in Fleisch und Blut über. 30

Ein Schleifstein paßt nicht für alle Messer; mancher Schüler lernt mehr im Leben als in der Schule. 1

Gewalt erzieht nie. 1

Wer reich ist, der halte diesen Fluch von seinen Kindern fern. Kinder müssen so erzogen werden, als ob ein herbes Leben auf sie wartete, in dem sie ihr Brot persönlich verdienen, das Leben, jeden Tag von neuem erkämpfen müssen. 33

Auf dem Steinhaufen wird der Mensch kräftig, in der Watte geht er zugrunde. 37

Ein handliches Spielzeug hat für das Kind mehr Wert, als der Anblick stolzer Menschenwerke und Naturgröße, für welche ursprünglich kein Auge vorhanden ist. Es muß die Genußfähigkeit dem Menschen erst anerzogen werden. 37

Zu Großen kommt man am besten mit Geschenken und so auch zu den Kleinen. 5

Wer Kindern was verspricht, sei es ein Spiel, ein Geschenk oder sei es die Rute – der halte es wie einen Eid. 37

Willst du deinen Kindern etwas geben, was ihnen ureigen sein und bleiben wird, was ihnen mehr inneres Glück und Ehre bringt, als alles Geld und Wissen auf der Welt – gib ihnen Treu und Redlichkeit. 37

Das Kind lügt selten früher, als bis es bei anderen die Lüge entdeckt hat. 1

So manche Freude, die uns an den Weg gelegt ist, würde nicht aufgehoben, nicht bejubelt und nicht genossen, wenn kein Kind im Hause wäre. 24

Eltern sind ihren Kindern lange nicht immer so treu als sie glauben. Auf einmal sind diese erwachsen, und jetzt geht das Verwundern an über das Entfremdetsein der Kinder und daß es überhaupt keine Kinder mehr gibt. 6

Kinder sollen nur vom Schönen, Guten und Großen hören. Unsere eigenen Ideale, unserer Jugend Lichtbilder, unseres Lebens Sterne, sie mögen auch heute schon erloschen sein – man zünde sie in den Kindesherzen wieder an; man wird sich selbst an solchem Feuer wieder wärmen. 30

Das Lob tat mir als Kind fast allezeit wohl, und ich hatte dabei das Gefühl, als ob ich in die Länge ginge, weil manche Kinder wie Pflanzen sind, die nur bei Sonnenschein schlank wachsen. 11

Das Wort Erziehung sollte man ausstreichen, das Wort Vorbild sollte man dafür hinsetzen. 30

Die Schule lehrt die Jugend, aber sie vermag diese nicht zu erziehen. Den Eltern obliegt es, im Kinde den Grund zur gedeihsamen Weltanschauung zu legen. 1

Ein häßliches Kind wird nie soviel Liebe erfahren, als ein wohlgestaltetes; es kann sich also in ihm die Liebe auch nicht sammeln und entfalten. 7

Warum muß der Mann lachen, wenn er ein Kind anblickt und warum schaut das Kind so ernsthaft, wenn es einem erwachsenen Menschen ins Antlitz sieht? Der erstere schaut ins Paradies zurück, das letztere auf die traurige, schuld- und leidbefurchte Erde. 37

Harte Erfahrungen führen den Knaben rascherer Entwicklung und den Mann rascherem Altern zu. 8

Nichts ist gedeihlicher für Vater und Sohn als unbefangene Freundschaft. In der wirkt Meinungsverschiedenheit nicht entzweiend, sondern ergänzend. 33

Sonst hat der leichtsinnige Sohn Schulden gemacht, die der Vater bezahlen mußte; heute macht der leichtsinnige Vater Schulden, die der Sohn wird bezahlen müssen. 28

Schicke deinen Sohn nach Australien, und du wirst die Bande, die dich an ihn binden, inniger fühlen, als wenn euch eine zolldicke Zimmertür trennt. 6

GEDRUCKTES IV

Wenn die Kunst nicht schöner ist als das Leben, so hat sie keinen Zweck. 30

Die größten Dichter haben die einfachsten Dichtungen geschrieben. 15

Sterblich ist der Künstler und seine Kunst. Unsterblich allein in der Menschheit ist die Sehnsucht nach Unsterblichkeit. 21

In Kunst und Literatur will man immer Originale, aber lebendige Menschenoriginale will man nicht. 30

In der Stadt liegt zwischen Natur, Leben und dem Dichter der Stein und das Buch. 30

Jede wahre Kultur muß zur Zufriedenheit führen. 28

Den Vollgenuß des Lebens finde ich nur in der glücklichen Ausübung eines edlen Berufes. 30

So sind die Künstler: alles Wirkliche wird ihnen erst bedeutsam, wenn es in Kunst übergeht. 6

In der Poesie ist das Wissen nicht so viel wert als das Ahnen. 33

Die Quelle alles künstlerischen Könnens und das Hauptmerkmal des Künstlers ist die Naivität. 28

Leuten, die »unsterblich« werden sollen, verzeiht man nicht, wenn sie – leben wollen. 28

So wie eine Frömmigkeit nichts taugt, die nur des Himmels wegen da ist, so wenig frommt ein Künstlerstreben, das nur dem Glanze nachjagt. 30

Ruhm! Ist das nicht wie ein sonniger Wintertag! Überall glitzert's, leuchtet's, tausend Funken und Flämmchen sprühn in Eis und Schnee – und doch alles kalt. 33

Leute, die einen Namen haben, müssen gefaßt sein auf Zuschriften, die keinen haben. 28

Das technische Virtuosentum läßt unser Gemüt kalt. 30

Nicht allein am Mißerfolge, auch am Erfolge kann man zugrunde gehen. 28

Jene Predigten sind die besten und wirksamsten, die nicht – moralisieren. 21

Niemand verträgt weniger eine Kritik als der Kritiker. 33

Daß die Kunst zumeist mit dem Kopf gemessen wird, anstatt mit dem Herzen, das ist die größte unserer vielen Kunstsünden. 28

Genußfähigkeit und Genußfreudigkeit sind vor allem zu einer unbefangenen, gerechten Beurteilung eines Kunstwerkes nötig. 28

Über drei Dinge wird in unseren Tagen zuviel geschrieben und geredet, über Kunst, Gesundheit und Erziehung. Folge davon, daß wir unkünstlerisch, kränkelnd und ungezogen geworden sind. 30

Nicht alles, was wahr ist, hat Wert, vom Poeten aufgeschrieben zu werden, aber alles, was er aufschreibt, soll wahr sein. 39, 40

Die derbsten Wahrheiten muß man den Leuten in Prosa sagen; in Versen halten sie alles für Kunst und Spiel. [illegible]

Du magst drucken lassen, was du willst, so toll, so verschroben es sei, ein Teil der Menschen wird dir immer recht geben: und du magst das Größte, Schönste und Wahrste sagen, ein Teil wird dir immer widersprechen. 30

So geht es mit Büchern: Aus den gedruckten Zeilen spricht der Verfasser heraus, in die Zwischenzeilen dichtet der Leser sein eigenes Wesen hinein. 30

In der Kunst darf man alles sagen, im gewöhnlichen Gespräche fast nichts. 33

Mundart ist die natürliche Mutter der Kultursprache, Jargon ist ihr verkommener Sohn. 28

Der Geist geselliger Menschen gibt sich in Kleingeld aus; es mögen glänzende, klingende Münzen sein, aber sie sind nicht viel wert. 30

Zehn Bücher, die dir entsprechen, machen dich als Persönlichkeit vollkommener als deren tausend, die dich zerstreuen anstatt dich zu sammeln. 30

Ein Talent hat jeder Mensch, nur gehört meist das Licht der Bildung dazu, um es zu finden. 33

Mit den Büchern geht es mir so wie mit den Menschen: das einzelne habe ich gern, die Menge mag ich nicht. 33

Für Leute, die wenig Zeit zum Lesen haben und sich doch bilden wollen und sollen, ist nur »das Beste gut genug«. 33

Der den gewaltigsten und tiefsinnigsten Gedanken am einfachsten und klarsten auszudrücken vermag, wäre nach meinem Geschmack der größte Denker und der größte Dichter. 28

Oft werden die einfachsten Dinge verwirrt und werden unverständlich, sobald sie in die verschiedenen Meinungen der Weltweisen geraten. 38

Dichter sind ganz eigentümliche Leute, ob Christen oder Atheisten, sie bergen in ihrem Herzen ein Himmelreich, das dem, von welchem Christus sprach, nicht sehr unähnlich ist. 33

Der Mensch versteht an fremdem Sange nur das, was er selbst schon empfunden; in der Musik findet er genau soviel, als er selbst hineinzulegen hat. 8

Die Mutter des Geistes, der Seele und des Könnens ist die Einsamkeit. 30

Der Wert einer Schrift besteht für uns nicht bloß in dem, was sie uns gibt, sondern auch in dem, was sie in uns aufweckt. 33

Der höchste Grad der Verkommenheit ist die Indifferenz, der höchste Grad der Bildung die Objektivität. 33

So unbedeutend ist keines Menschen Leben, daß es ins rechte Licht gestellt, nicht für die übrigen von Interesse sein könnte. 39

Eine Kunst, die sich nur von Prinzipien leiten läßt, kann in der Form verknöchern und im Inhalt entarten. 28

Das Genie hält sich nach keiner bestehenden Schule, das gründet lieber selbst Schulen. 28

Das Herz verzetteln wir an hundert Sächelchen und in hundert flüchtigen Stimmungen. Haben oft viel weniger übrig für einen Menschen, als für eine Theaterfigur auf der Bühne oder für ein neues Bild in einer Kunstausstellung. 33

Die Dichtung, die Musik, die Bildnerei sind drei Engel, welche den drei Gottesgestalten: Glaube, Hoffnung und Liebe dienend und anbetend zur Seite stehen. 30

Glasmalerei wird erst ein Bild, wenn im Hintergrunde ein Licht ist. Das Bild wird erst ein Kunstwerk, wenn im Hintergrunde ein Gedanke ist. 33

Erst der ganze, geistig reife Mensch erkennt die Schönheit ganz. 21

Ich habe in meinen Werken die hellsten Lichtpunkte dahin fallen lassen, wo ich glaube, daß das Schöne und Gute versteckt, damit entschwindende Güte wieder ins Auge und Herz der Menschen dringen möchte. 40

Die gründlichste Wissenschaft ist die Erfahrung, die schönste Dichtung ist das Leben. 21

Nicht wodurch er wirkt, ist dem wahren Künstler Hauptsache, sondern daß er wirkt. 28

Wenn die Schriftsteller und Poeten von jeher ehrlich und mannhaft ihr eigenes Wesen, Leben und Erfahren dargetan hätten, die Weltliteratur wäre eine bedeutendere, psychologisch vertieftere und auch allseitigere als sie's ist, weil gar so viele singen, was sie nicht fühlen, und sagen, was sie nicht wissen. 39

Für den Menschen sind jene Momente die gedeihlichsten, aber auch die gefährlichsten, in welchen er sich gut, für den Künstler jene, in welchen er sich groß dünkt. 33

Der Künstler bedarf Formen nötiger als Formeln; sein Haupt ist keine Bibliothek, sondern ein Bildersaal; seine Schule ist das Leben, seine Werkstatt ist das Leben, seine Werke gehören dem Leben. 33

Furchen ziehen durch die Äcker der Herzen, daß Erdgeruch aufsteige, dann aber Samen hineinlegen, daß es wieder grün und fruchtbar werde – so wollte ich's als Poet halten. 33

Die Gefahr manieriert zu werden, ist gerade bei solchen Autoren, die man Originale nennt, vorhanden. Man nebelt wohl lange zwischen Extremen herum, bis man zu der Einsicht kommt, daß das Natürliche das Beste ist. 30

Wenn das, was fertig ist, nur immer auch vollendet wäre! 40

Ein Weib, das den Künstler durch die Liebe beseligt, hat den ersten Anteil an dem Gelingen des Kunstwerkes. 4

Liebesgedichte sollte man gar nicht drucken; unechte sind zu schlecht für die Öffentlichkeit, und echte – zu gut. 33

Im Augenblick des Schaffens ist dem Dichter das Dichten das Wichtigste auf der Welt. Das Wichtigste und das Genußreichste, der einzige Zustand im Leben, der sich ganz entschieden des Lebens lohnt. 40

Nichts ist geistquälender und herztötender als unbefriedigter Ehrgeiz. 28

Ruhm ist wie Arsenik; wer ihm huldigt, der kann ihn bald nicht mehr missen. 28

Der größte Stümper kann mit ein paar häßlichen Strichen die Sünde wecken, wenn sie einen so leisen Schlaf hat wie im warmblütigen Menschenleib der Jugend. 30

Wer Geld zusammenscharrt, der fühlt sich seiner Tüchtigkeit nicht sicher. Darum ist das Genie im Gefühle seiner Ur- und Überkraft oft so verschwenderisch. 28

Es wird gesagt, daß der Apostel Paulus, wenn er heute lebte, Journalist geworden wäre. Daraus läßt sich folgern, daß der Journalist von heute ein Apostel Paulus sein soll. 33

EIN GANZER MENSCH V

Wir müssen lernen – und das ist das große Gebot der Zeit – lernen, wieder Persönlichkeit zu werden. Das lernt man im Verkehr mit der Welt, aber noch besser im Verkehr mit sich selbst. 30

Der moderne Mensch hat immer Ideen und nie ein Ideal. 34

Nach meiner Erfahrung liegt im geistigen Leben ein realeres Glück als im materiellen. 30

Schmäht mir das Ideal nicht! Es ist ein realer Wert in seiner Art, es ist ein Besitztum und ein Erlebnis. 34

Es mag manche große Idee zur Verbesserung des menschlichen Loses auf Erden unausführbar scheinen, aber sie ist sittlich, weil sie das Rechte will, und als solche soll man sie achten, das ist immerhin eine Annäherung an sie. 28

Keine Erfindung, kein Gesetz, keine Gewalt der Welt hat das getan, was Begeisterung vollbrachte. 34

Jede Idee ist so lange unpraktisch, als sich die Menschen mit ihren Mitteln verschließen. 28

Eine Idee, und wäre es die in den Augen der Klugen verschrobenste – sobald sie die Begeisterung für sich hat, wird sie siegen. 34

Das sich Versenken in die Erinnerung seiner Vergangenheit, wie beschauliche Gemüter es in stillen Stunden pflegen, ist ein Genuß, den nur wenige kennen. 30

Gut und schön! In diesen zwei Eigenschaften allein schon liegt das ganze Material zum Aufbau einer Religion, die menschlich ist und zugleich göttlich. 33

Das 20. Jahrhundert wird nicht vergehen, ohne der müden Menschheit ein großes Rasten, einen heiligen Frieden gebracht zu haben. 30

Der Student ist ein Seher, der in seinem Geiste schon lebt, was den Menschen vielleicht erst in später Zukunft beschieden sein wird. 30

Die Einkehr in sich selbst ist etwas, das unser heutiges Geschlecht ganz verlernt hat und die ihm so not täte, wie tägliches Brot. Das Asyl bei sich selbst ist der beste Gottesfriedenskreis über der Unruhe und den Widerwärtigkeiten des Erdenlebens. 33

Selig der Genügsame und der Begierdenlose, er wird Frieden haben und schuldlos bleiben. 33

Alles Große, das Menschen je geleistet, geht aus der Einsamkeit, aus der Vertiefung des geistigen Schauens hervor. 30

Alles, was Wert hat, müssen wir suchen und schwer verdienen. Je weiter der Weg, desto größer die Gnade. 15

Alles in allem genommen, ist es wohl die aus vielseitiger Erfahrung reifende Selbsterkenntnis, die den Geschmack und den Takt des Schriftstellers läutert und bestimmt. 40

Daß der Idealismus nicht sowohl in Verzichtleistung auf das Geld sich ausdrückt, sondern vielmehr in dessen richtiger Verwertung, soweit denkt man selten. 28

Nichts der Dinge wegen, alles um des Menschen willen! Das muß der Leitspruch all unseres Strebens sein. 28

Es ist eine der göttlichen Eigenschaften unserer Seele, daß wir vergangenes Ungemach leichter zu vergessen pflegen, als vergangene Freuden. 11

Die wahre Weltgeschichte lebt der tätige Mensch, wenn er auch nur den Baum fällt, oder den Pflug führt oder den Tanz aufspielt mit der Fiedel. 21

Der Mensch mag die Göttlichen verehren, aber Hilfe verlangen kann man nur von sich selbst. 22

Der Mensch besitzt einen großen Nachahmungstrieb und man könnte sagen, je tiefer seine Kulturstufe, je größer der Nachahmungstrieb. 5

Ich halte was auf Einmütigkeit der Menschen in Lieben, Hassen und Wünschen. In dieser Einmütigkeit läge doch vielleicht der Punkt, von dem aus die Geschicke lenkbar wären. 25

Jene Irrtümer, die sich noch als die praktisch zweckmäßigsten und brauchbarsten erwiesen haben, nennt man »Wahrheit«. 33

Wenn es sich dereinst herausstellt, daß die sieghafte Technik die Kulturmenschheit zufriedener, sittlicher, glücklicher machen kann, dann ist sie ein göttlicher Fortschritt. Sonst aber, trotz allem – eine verhängnisvolle Verirrung. 30

So wie der edle Mensch in der Einsamkeit größer wird, so wird der Egoist in einziger Gemeinschaft mit sich selbst ein Scheusal. 28

Wer zum Egoisten erzogen wird, den setzt man in eine Welt voller Feinde. Wer Altruist ist, der mag ja wohl oft mißbraucht werden, aber er lebt in einer Welt von Freunden; er lebt auch für andere, und andere haben einen Vorteil davon, ihn zu erhalten. 33

Das größte Geheimnis ist der Mensch sich selbst. 34

Der Jüngling hält sich für unwiderstehlich, der Mann für unüberwindlich, der Greis für unfehlbar. 30

Das Gesetzbuch ist das Evangelium des Eigennutzes. 30

In der Welt geschieht mehr Tüchtiges aus Trotz und Haß, denn aus Liebe. 25

Der Mensch ist so eingerichtet, daß ihn nicht das Studieren, nur das Probieren vorwärtsbringt. 30

Man soll bei allen Leuten stillstehen dort, wo sie einem gefallen, aber nicht weiterforschen, weil man dabei leicht in unerfreuliche Tiefen geraten kann. 5

Das Gefühl der Dankbarkeit ist eines der reinsten Hochgefühle harmonisch beschaffener Menschen. 34

Auf die Ausbildung des Edelmenschlichen im Menschen kommt es an. Ein gutes Herz steht der Vollendung näher als ein schöner Geist. 22

Freilich, in der Einsamkeit gedeiht kein ganzer Mensch. Aber wer aus ihr durch die Welt wieder zu ihr zurückkehrt, der bringt nicht bloß einen ganzen Menschen mit, sondern vielleicht die Menschheit. 28

In der Krankheit kommt mancher erst zum Bewußtsein seiner selbst. 34

Die Pessimisten sind farbenblind: sie sehen das Blau des Glaubens, das Grün der Hoffnung, das Rot der Liebe nicht. Ihr Seelenauge hat den grauen Star. 15

Mancher genießt das Leben nur halb, solange er es ganz hat, und genießt es erst ganz, wenn er's nur halb besitzt. 6

Die Wahrheit dieser Erde ist ernst und oft trüb, aber sie verträgt es recht gut, von ein bißchen Poesie beleuchtet zu werden, ohne daß sie unwahr wird. 6

In ihrer Lust sind die Menschen alle mehr oder minder gleich und neigen zum Tierischen hin; in ihrem Schmerz und in ihrer Trauer offenbart sich ihr Inneres, Menschliches. 30

Wenn ein Funken Göttlichkeit im Menschen vorhanden ist, der Schmerz schlägt ihn heraus, so wie der Stahl den Funken aus dem Steine schlägt. 30

Die Größe und der Wert des Menschen liegt nicht in weltbewegenden großen Taten, sondern in dem treuen Wohlwollen, welches er Tag für Tag seinen Mitmenschen entgegenbringt. 30

Was der Mensch der öffentlichen Meinung zuliebe tut! Mehr als seinem besten Freunde, mehr als seinem liebsten Menschen. Und die öffentliche Meinung ist doch nichts anderes, als eine Bestie. 32

Große Menschen lieben es, von ihrem Glücke auszuteilen. 26

Wer sich von einem ursprünglichen harmlosen Lebensgenießer ablenken läßt und in eine Überfülle moderner Werte gerät, der ist bald ein Übersättigter und Ungesättigter zugleich. 25

Der Mensch muß nicht alles in seiner Faust haben wollen; was gern daherfliegt, dem mache er Tür und Tor auf und will es wieder davon, so lasse er es fliegen. 23

Wir wären manchmal göttlicher, wenn wir menschlicher sein wollten. 21

Gute Menschen sind ansteckend. 25

Habe nur Notwendiges um dich, nicht Luxus, so kannst du wenig verlieren, und der Zufall hat keine rechte Macht über dich. 30

Jeder Wunsch des Weltkindes gebärt im Augenblicke der Erfüllung sieben neue und vor lauter Wünschen kommt es zu keinem Genießen. 25

Wer künstlich Bedürfnisse schafft, wie es ein gewisser Teil unserer Industrie und unseres Handels tut, der schafft Unzufriedenheit. 25

Den Sünder richtet man am besten auf, wenn man als Sünder zu ihm spricht. 27

Im allgemeinen ist das Dasein des modernen Großstädters kein Leben mehr, bloß eine Jagd nach Leben. 30

Oaner is a Mensch, mehra sein's Leut, viel sein's scho Viecher. 28

Leute, die ihren Vorteil bei anderen Leuten suchen müssen, werden es allmählich gewohnt, andere zu übervorteilen. 23

Die meisten Leute sind in Gesellschaft ganz andere als allein oder einem gegenüber. 28

Kein Aprilwetter schlägt so rasch um, als die Stimmung der Menge. 31

Jeder einzelne Mensch kann einem lieb und wert sein, aber die Menge ist uns zuwider, sie entwertet den einzelnen. 30

Der tratschende Tratsch ist noch lange nicht das Schlimmste, der vertuschende Tratsch ist weit schlimmer. 32

Es gibt Leute, die sich selbst alles erlauben und anderen alles verbieten wollen. 33

Mit Leuten, die immer unzufrieden sind und immer undankbar, ist nicht gut Freundschaft zu halten. 30

Wer die Menge aufwärts bringen will, der muß breite Straßen wählen, die in Schlangenwindungen sachte auf den Rigi führen können, nie aber auf das Matterhorn. 33

Der meisten Leute Fehler ist es, daß sie bei ihrem Berufe immer nur an den Lohn, nie an die Arbeit denken. 33

Es gibt Leute, die nur darum so hastig in die Zukunft hineinfliehen möchten, weil sie sich vor ihrer Vergangenheit fürchten. 30

Unsere ganze Kulturarbeit besteht darin, daß der Mensch sich vor sich selber schütze. Vor seiner Tierheit, vor seiner Trägheit, vor seiner Bestialität, vor seiner wilden Phantasie. 28

Pietät findet man am wenigsten bei Halbgebildeten, doch viel bei Hochgebildeten und noch mehr im Volke. 33

Wer nicht schon in der Arbeit Genugtuung findet, der wird nie zur Zufriedenheit gelangen. 33

In aufsteigender Linie der Kultur bin ich für den Fortschritt, in absteigender Linie bin ich gegen den Fortschritt. 33

Alle Laster werden geschmiedet in der blauen Flamme des Alkohols. 28

Man kann nicht dagegen sein, daß Neues erstrebt wird, aber man sei vorsichtig in der Zerstörung des Alten. 28

Mit Annahme von Würden und Gütern verkauft man sich nur allzu häufig. 30

Immer lernt der Kluge vom Dummen mehr als der Dumme vom Klugen. 33

Es müssen auch die Mittel sittliche, rechtliche sein, durch die ein sittliches Ziel, das Recht, erlangt werden soll. 28

Der Besitz eines Menschen muß im Verhältnis stehen zu seiner Persönlichkeit, sonst pflegt es schief zu gehen. 28

Die vielen Wohltätigkeiten sind ein Zeichen des bösen Gewissens. Wenn die Leute einander nicht so viel Böses antäten, brauchten sie einander nicht so viel Gutes tun. 33

Schenken kann man wenig, borgen muß man mehr. Aber dem man einmal was geschenkt hat, der kommt immer wieder, dem man was geborgt, vor dem ist Ruhe. So kommt es ziemlich aufs gleiche hinaus. 33

Alle Kriege, die nicht stattfinden, sind – verschoben. Frieden ohne irgendwelchen möglichen oder drohenden Krieg gibt es nicht. 33

Nicht darum handelt es sich, daß der Mann Grundsätze habe, sondern darum, daß er die richtigen habe. 30

Eine Idee, welcher die Massen nachjagen, ist verdächtig; sie kann gut sein, wird aber weit öfter den Sinnen und Leidenschaften schmeicheln und zum Unheil führen. 30

Die allermeisten Leute sind wie Ungeheuer, die man in Spiritus aufbewahrt; ihr Spiritus ist der Zeitgeist, in welchem sie träge und plump dahinrinnen. 28

Sonst leidlich vernünftige Leute, sobald sie aufs Kampffeld der politischen Parteien kommen, sind sie blinde Zänker, Spitzbuben und Toren. 30

Man soll den Menschen schätzen nicht nach dem, was er uns tun kann, sondern nach dem, was er uns ist. 33

Anonyme Schreiben behaupten etwas, dessen Unrichtigkeit der Verfasser durch Verweigerung seiner Unterschrift bestätigt. 28

Ein Mann des Glückes, der alles beisammen haben will, was das Erdenleben köstlich macht, muß auch einige Feinde besitzen. 33

Echtes, treues Gold soll man nicht im Mineralreich suchen, vielmehr in den Herzen der Menschen. 32

Keine Satzung, sie mag des Leibes oder der Seele Heil bezwecken, befolgen die törichten Menschlein so fromm und lüstern wie die tolle Willkür der Mode. 5

Wer den Leuten eine Freitreppe zu seinem Herzen baut, der muß auf allerhand Gäste gefaßt sein. 33

Das Gold richtet sich ganz nach der Hand, in der es liegt, wirkt in dem Sinn des Besitzers Gutes oder Schlechtes. 28

Es ist dem Mensch nicht genug, daß die Dinge sind, ihm sollen sie gehören, für sich besonders will er sie haben, und mehr als er fassen kann. 5

Vor lauter Weltgenüssen haben die Leute keine Zeit mehr, sich selbst zu genießen, die natürlichen Fähigkeiten zu betätigen, die Harmonie des Lebens zu empfinden, ohne Hetze und Gier heitere Daseinsfreude zu fühlen. 28

Die großen Wohltaten werden nur von dem verlangt, der kleine zu leisten vermag und geleistet hat. Von einem, der fünf Gulden herschenkt, sieht man es schwer ein, warum er nicht zehn gibt. 28

Stets sind die Leute bereit, die Schuld ihres Niederganges und ihres Elends anderen zu geben. 28

Wer zu Glanz und Macht erhöht wird, läuft Gefahr als Mensch kleiner zu werden. 15

Man kann sich viel leichter krank faulenzen, als krank arbeiten. 33

Ganze, ebenmäßig beschaffene Menschen haben für alles Zeit. In jedem Stadium der Arbeit fühlen sie sich behaglich, sie denken nicht immer ans Fertigwerden, sie denken auch ans Gutmachen ihrer Arbeit und freuen sich daran. 30

Man sollte sich seinen Beruf stets so weit verstrengern, daß keine Zeit bleibt zum Grillenfangen. 33

Glorreich, o Menschheit, sind deine Fortschritte, aber in deinen ungeheuerlichen Vorurteilen bist du noch immer ein sehr erbärmlich Ding. 1

Die Menschen sind einmal so, das äußerste, was sie vernünftigerweise tun können, ist, jeden Krieg solange als nur immer möglich – hinauszuschieben. 33

Die meisten verderben und sterben mitten im Taumel, ohne auch nur ein einziges Mal geahnt zu haben, daß sie Menschen waren. 30

Mit unserem Erdteile steht es so: nicht einen Tag ist man sicher, daß die Leute zur Vernunft kommen oder daß unter ihnen ein unerhörter Wahnsinn ausbricht. 33

Es werden immer einzelne aufstehen, die der Menschheit in Lehre und Leben das höchste Ideal zeigen. Man bewundert sie, man vergöttert sie, aber – man folgt ihnen nicht. 30

Wir alle sind nach Äußerlichem strebende und am Äußerlichen hängende Menschen geworden; wir haben an uns wieder eine Menschwerdung zu erfüllen, eine Wiedergeburt jenes Teiles unseres Wesens, den wir Seele nennen. 30

Die Menschen des Alltags sind nicht heiß und nicht kalt, sie sind lau. Lauheit ist ja das Klügste, dabei kann man nicht verbrennen und nicht erfrieren. 34

Der moderne Mensch ist nur in einem Punkte bescheiden: im Angesicht der Unendlichkeit begnügt er sich mit der Existenz von 70 Jahren – einer Eintagsfliegenseele. 30

Es ist traurig, eigenes Lebensglück zu zerstören, aber es ist furchtbar, fremdes zu vernichten. 33

Das Glück trennt die Menschen, aber das Leid macht sie zu Brüdern. 38

Unter Ungezwungenheit der Unterhaltung verstehe ich nicht bloß, daß jeder daraufhin reden kann, was ihm einfällt, sondern auch, daß er schweigen kann nach Belieben. 33

Ein Mensch, der sich immer nur sehen will, wie er ist, wird sich nie kennen lernen, er muß sich auch manchmal sehen, wie er war. 33

Vernunft allein ist nicht genug dem Nächsten gegenüber, es gehört auch Güte und Weisheit dazu, um einer Persönlichkeit gerecht zu werden. 30

Kein gutes Zeichen, wenn man so sehr empfindlich an seiner Ehre ist. Empfindlich ist man nur an kranken Stellen. Die gesunde Ehre ist so leicht nicht zu verletzen. 28

Wie wenig Leute gibt es bei uns, die es wissen, daß Redseligkeit und Beredsamkeit zweierlei ist. 28

Der tapfere Mensch teilt nur das Gute mit anderen, das Schlimme behält er für sich und das Leiden ist eine Privatangelegenheit. 33

Leute, die kein geistiges Ich haben, können sich selbst bespiegeln, aber sie können sich nicht beschauen. 30

Das Beste, was wir auf dieser Welt tun können, ist, unseren Mitmenschen recht viele kleine Freuden zu machen. 30

Es gibt Leute, die es nur dann zu einem Tugendglanze für sich bringen, wenn ihnen gegenüber ein von Amts wegen armer Sünder steht. Die Fehler anderer sind ihre Tugenden. 12

Wehe dem Mann, der keine Schattenseiten hat, er hat auch keine Lichtseiten. 30

Der ist kein ganzer Mensch, der nicht lachen und nicht weinen kann zur rechten Zeit. 33

Wenn man die Menge betrachtet, sind fast alle Leute gleich. Und wenn man in den Einzelnen schaut, ist fast jeder ein Original. 23

EIN GUTES ZIEL VI

Der kürzeste Weg zu einem guten Ziel ist doch immer die Wahrheit. 20

Es gibt für alles ein Denken, das auswendig gar klug erscheint und inwendig gar niederträchtig ist. 18

Wahrheit ist ein lauteres Metall und hat einen harten Klang. 28

Der Weise erwartet Nutzen oder Schaden nur von sich selbst. 30

Es gibt Menschen, die im Volke »halbe Narren« heißen, weil sie ganze Weise sind. 23

Die Lüge ist ein falscher Freund; wenn sie heute scheinbar rettet, den bringt sie morgen um. 19

Aus Hang, jede Sache zu dekorieren, sie auf die originellste, geistreichste Weise zu behandeln, haben wir verlernt, einfach die Wahrheit zu sagen. 28

Es ist ein abscheuliches Wort: Wahrheit über alles, auch wenn darüber Menschenglück und Menschenherzen zugrunde gehen. 25

So lang ihr eure Augen verschließt gegen etwaige Vorzüge, Tugenden und Rechte der Gegnerschaft, so lange seid ihr unter allen Umständen im Unrecht. 30

Von allen Bollwerken, die der Teufel im armen Menschen gegen das Gute baut, ist die Skepsis das gewaltigste. 28

Wir haben keinen größeren Feind als uns selbst. Alles andere zusammen ist uns lange nicht so gefährlich. 33

Unrecht durch Unrecht bekämpft, wird noch mächtiger. 38

Das Menschenglück ist ein Mosaik aus lauter Kleinigkeiten. 33

Für Leute, die nicht wissen, wohin sie wollen, ist jeder Weg der rechte. 24

Wenn man immer ausschauen wollte nach dem Unheil der Zukunft, keine Stunde könnte man in Freuden leben. 22

Nichts zu leben haben, ist schlimm, aber nichts zu wünschen haben, das ist der Armut größte. 30

Mit keiner anderen Kraft obsiegt der Mensch im Leben so gründlich, als mit der Ergebung in unabweislichem Leide. 34

Wer gern tanzt, dem ist leicht gegeigt. 3

Glaube nicht, was du meinst zu wissen; glaube, was du wünschest. 5

Über alle schwanken Wege führt sicher die heilige Einfalt. 20

Verachtung, die sagt man nicht, die schweigt man. 29

Schätze niemand gering außer den Schlechten, und halte niemand für schlecht, außer du bist dreimal davon überzeugt worden. 30

Die Zeit heilt nicht nur alle Wunden, sie heilt auch alle Sünden. 20

Wer sich Zeit nimmt, der hat sie. 30

Die Vorstellung ist der Keim aller Taten. Edle Vorstellungen erwecken, heißt, eine bessere Zukunft säen. 28

Starker Wille ist stumm. 35

Arm ist nicht, wer wenig hat, sondern wer viel braucht. 3

Das Gedächtnis ist wie ein Weib, jungen Männern ist es zugetan, alten wird es gerne untreu. 26

Mit der Dummheit weiß nicht einmal die Weisheit was anzufangen, außer sie wird zur Schlauheit. 35

Ich habe nichts gegen das Wissen, aber Weisheit ist mir lieber. 1

Aller Kräfte größte ist die Wahrheit, aller Wahrheit beste ist die Weisheit, aller Weisheit höchste ist die Güte. 35

Je einseitiger, engherziger ein Standpunkt ist, je fester läßt sich das Gedankengebäude fügen zu einem starken Hause, in welchem alle Winkel unter einem Dache sind. 30

Wache auf, jeden Tag, als ob es der erste wäre. Schlafe ein, jeden Tag, als ob es der letzte wäre. 33

Wer wirklich und ganz Herr sein will, der muß sein eigener Diener sein können. 28

Man muß gerungen haben ums tägliche Brot, man muß einmal aus einer schweren Krankheit genesen sein, man muß Gutes empfangen und Gutes gegeben haben, man muß sich ein Haus gebaut und einen geliebten Menschen gefunden und einen geliebten Menschen sterben gesehen haben, um zu wissen, was Leben ist. 27

Der Humor ist eine Spätfrucht. Bei den Jungen ist er seltener zu finden als bei den Alten; bei den Reichen seltener als bei den Armen; im Glück seltener als im Elend. 3

Zur Selbsterziehung, zur Stärkung des Willens, des Charakters, zur Ebenmäßigkeit der Weltanschauung, zur Wertschätzung des Daseins ist ein zeitweiliges Kranksein weit gedeihlicher als beständige Gesundheit, die eigentlich nur banale und selbstsüchtige Menschen macht. 34

Es wird alles wieder gut werden! Dieses Wort ist ein Zauberspruch in jeder Not. 30

Wenn du nicht willst, kann dich niemand kränken; gekränkt bist du nur, wenn du dich für gekränkt hältst. 30

Während der Weise aus der Torheit anderer neue Weisheit schöpft, wird der Tor in der Nähe des Weisen noch törichter. 30

Arbeit ist oft die einzige Erholung von der Last des Daseins. 15

Aller Schöpfung und Arbeit Endziel, aller Seligkeit Inbegriff liegt in dem Empfinden und Denken eines freudigen Daseins. 30

Nicht der weiß ein Glück zu schätzen, welcher es gewonnen hat, sondern der, welcher es verloren. 30

Der, dessen Vergangenheit frei ist von Schuld, kann sich in ihr ergehen wie in einem friedlichen Garten, sie wird ihm zu einem Reiche des Glücks. 33

Fürs volle, üppige Glück ist der Mensch einmal nicht geschaffen – das Plagen danach bekommt ihm besser. 33

Das Glück wird wie das Grab, um so größer, je mehr man davon weggibt. 26

Nicht darauf kommt es an, daß man ein argloses Menschenkind mit Schätzen überhäuft, als vielmehr einzig nur darauf, daß man seinen oft recht bescheidenen Wunsch erfüllt. 11

Neun Tage sollte man alle anderen Möglichkeiten erwägen, ehe man wen beschuldigt. 33

Die Mehrzahl der Menschen aller Klassen besteht aus Pöbel. 28

Das Glück besteht im Frieden des Herzens, das Unglück in seinem bösen Gewissen. 33

Sobald der Mensch sich selber sagt: du fällst ja immer noch tiefer! hebt er schon an, aufwärts zu steigen. 20

Glücklich zu sein und andere glücklich zu machen, sonst hast du auf Erden nichts zu tun. 30

Unser modernes Geschlecht hat zuviel Kastendrill und zuwenig Gemeinsinn. In lauter Korpsgeist verflüchtigt sich der Geist des einzelnen. Man geht nur der ausgegebenen Parole nach. Persönliche Überzeugung ist zumeist gar nicht vorhanden, wenn aber doch, so fehlt der Mut, sie freimütig auszusprechen, geschweige ihr nachzuleben. Es fehlt der Mut der Persönlichkeit. 33

Am tiefsten kränkt es dich, wenn dir jemand ohne Grund Böses zufügt, aber gib ihm Grund dazu und dein Nachteil ist noch größer. 33

Wenn ich gefragt würde, was ich lieber missen wollte, das Leid meiner Vergangenheit oder die Freuden meiner Gegenwart, ich wüßte mich kaum zu entscheiden. 30

Im Glücke den Blick niederwärts gerichtet zu den Armen, im Unglück ihn aufwärts gerichtet zum Ewigen. 28

Ich bin lieber der Beleidigte als der Beleidiger, weil ich lieber der Gläubiger bin als der Schuldner. 33

DOM

Wie es nichts Heiligeres gibt, als die echte Träne, so gibt es nichts Widerlicheres als die falsche. 30

Das schwere Leben ist am leichtesten zu ertragen, wenn man sich schwere Aufgaben stellt. 33

Ich weiß mir oft gar nichts Lustigeres als traurig zu sein. 6

Man muß nicht zu jeder Krankheit, die anklopft, »Herein!« sagen. 28

Bei den allermeisten Sünden ist es wie mit dem Heiraten: eins kann es nicht richten, es müssen zwei dazu sein. 13

Der Hammer des Schicksals fällt auf die Herzen der Reichen und der Armen. 21

Einem, dem man etwas Gutes getan, hat man gern und oft lieber als einen, von dem man Gutes empfangen. 23

Gut Sach' bedenken, heißt den Teufel um Rat fragen. 23

Reichtum macht wohl die Hemden lind, aber die Herzen hart. 10

Es ist nicht an einem Tage und nicht mit einem einzigen Fehler geschehen, daß sich der Mensch krank macht, es braucht manchmal recht vieler Anstrengung; aber noch hundertmal schwerer geht das Gesundwerden. 5

Es gibt eingebildete Sorgen, die schier so wirklich sind als die wirklichen. 23

Nicht eitel erscheinen zu wollen, ist auch eine Eitelkeit, und vielleicht die größte. 33

Die tiefste Wunde des eigenen Herzens vernarbt, wenn du sie anderen heilst. 9

Selber Suchen führt zu gutem Finden. 5

Gold findet überall höfliche Leute. 3

FRIEDE DES HERZENS VII

Gott ist überall und überall ist Gottesdienst, wo die Herzen sich erheben und bereit sind zu guter Tat. 34

Je größer die Einsamkeit, je lebhafter die Nähe Gottes. 38

In der weiten Fremde, in Kummer und Angst – was für ein treuer Freund ist da Gott dem glaubenden Herzen. 24

Die Einrichtung, daß der Ungerechte einem großen Elende entgegengeht, der Gerechte aber den Frieden des Herzens findet, ist mir der beste Beweis für die Existenz eines weisen Gottes. 34

Der Glaube ist das innere Augenlicht. 34

Wer einmal derb an die große Hinfälligkeit seines irdischen Teiles erinnert worden, der lernt auf sein geistiges Leben bauen, der lernt die Seelengüter schätzen. 33

Gott läßt dich nicht aus der Hand, des kannst du ruhig sein. 30

Die Welt ist ein Transparent Gottes. 27

Die Weltkugel muß allerhand Spreitzen haben, wenn sie nicht davonkugeln soll. 25

Eine Religion, die sich auf den Verstand gründen will, anstatt auf das Gemüt, ist keine mehr. 34

Wer von Religion verlangt, daß sie verständlich, vernünftig sei und logisch wie jede weltliche Angelegenheit behandelt werden müsse, der hat keine und versteht keine. 33

Wer einen Glauben hat, den man ausziehen kann, der soll ihn nur gleich ausziehen; es ist ehrlicher, wenn er ihn auszieht, als wenn er ihn anbehält. 31

Ein redlicher Atheist ist doch auch vor Gott tausendmal mehr wert als ein gleißnerischer Christ. 34

Es ist gut bestellt, daß gerade die Ärmsten, von der Welt Verlassensten das Herzenskleinod des Glaubens bewahren. Solche finden in der Kirche tatsächlich den Trost, den sie suchen und bedürfen. 14

Das beste Öl für's ewige Licht ist der Glaube. 21

Für das, was uns am höchsten steht, / für das, was uns am nächsten geht, / ward uns kein Wort zu eigen, / da hat man nur ein fromm Gebet, / und – Schweigen. 9

Der dogmatische Heiland kann abstrakt gedacht werden. Aber lebendig wirken kann nur der Heiland, der im Gemüte des Gläubigen lebt. 33

Wer ohne Christus zur Kommunion geht, der kommt ohne Christus zurück. 26

Einkehr in sich! das ist der ewige Wegweiser, den Jesus allen Gottsuchern aufgestellt hat. 38

Alltagsmenschen suchen den Himmel; Sonntagskinder, die tiefen Herzen und die auserwählten Geister suchen Gott. 8

Der Herrgott schaut nicht auf's Kappel, er schaut auf's Herz. 21

Der Glaube ist kein Gewand, der Glaube ist inwendig. 31

Dein Auge, o Mensch, ist schwach, du kannst das Licht Gottes nicht ertragen. 21

Der Mensch ist so, daß er sein Heil nicht in der Gerechtigkeit suchen darf, sondern in der Gnade. 34

Das wahren Lachen und das wahre Weinen – Gesandte Gottes sind beide; sie erlösen uns von der Spannung der Freude und des Schmerzes. 30

Die wenigsten Leute wissen es, wie schön der Himmel ist – schon auf Erden. 21

Ein fröhlich dankbares Einheimsen der Gaben des Himmels ist ein wahrer Gottesdienst. 21

Aus Güte sündigen, steht Gott näher, denn aus Eigennutz Gutes tun. 33

Jedem gutem Werke muß der Undank nachlaufen. 21

Die Grundstimmung aller Religion ist Demut. 34

Wir spotten jener Zeit, da die Leute sich abhetzten und peinigten vor dem Anblicke des leibhaftigen Teufels. Uns plagt nicht mehr der Teufel; die Phantome, von denen wir besessen sind, haben andere Namen. 8

Der Teufels mag's wohl leiden, daß Gott über die Zunge geht, wenn er darunter liegt. 8

Mit der Wassertaufe löscht man die Erbsünde nicht aus, erst die Taufe mit Zähren tut's. 18

Der Schmerz des Gefallenen ist ein Arm, den Gott vom Himmel herabstreckt, um ihm wieder aufzuhelfen. 26

Wenn wir uns den freien Willen abstreiten könnten, wären wir alles Gewissens los. 1

Der Frieden kommt nur im Beten. 21

Das Fluchen, was ist es anderes, denn ein zorniges Beten. 25

Die Achtung vor den Toten wandelt sich leicht in Liebe zu den Lebendigen. 30

Drei Gnaden hat der Himmel dem Menschen gegeben: das Ideal, die Liebe, den Tod. 33

Diese Erde ist ja so reich an Sonnenlicht und Freuden, aber erst der Hinblick auf den Tod gibt allem die Weihe. 8

Der Tod macht das Leben schön und das Leben den Tod. Die Natur widerstrebt freilich solange sie kann; es ist ja ihre Schuldigkeit, zu leben. Die Schuldigkeit unserer Seele aber ist, den Leib, in dem sie diese schöne Welt genossen hat, dankbar und willig hinzulegen zu seiner Ruh'. 8

Wir wissen nicht, wo wir sind, wissen auch nicht, wohin es geht, wir sind blind. Und wer blind ist, der tut klüger, sich schieben zu lassen, als daß er selbst dreinspringe. 22

Unsere Vergangenheit ist ein Bau den wir selbst aufgeführt haben und in welchem wir nun gleichsam wohnen, an ihm immer noch weiterbauen, bis zum Giebel, welcher der Hügel des Grabes ist. 30

Drei heilige Räume unter himmlischen Sonnen / stehen hiernieden: / Eine Wiege voll Träume, / ein Bett voll Wonnen, / ein Sarg voll Frieden. 9

Ein Grab auf dem Kirchhof predigt in seiner tiefen Lautlosigkeit oft eindringlicher als der Priester auf der Kanzel. 30

Ein gekränktes Herz ist Kinderleid, aber ein böses Gewissen ist Verdammnis. 34

Wenn man an der Bahre eines lieben Menschen steht, so fängt er erst an, einem zu erbarmen, nicht weil er gestorben ist, sondern weil er gelebt hat. 25

In Wahrheit lebt nur der, welcher auf die Vergangenheit seine Dankbarkeit und auf die Zukunft seine Hoffnung setzt – die Gegenwart aber mit weisem Genusse wahrnimmt und jeden Augenblick gefaßt ist auf das Ende. 30

Es geht ewig zu Ende und im Ende keimt ewig der Anfang. 1

Der das Leben behaglich genießen will, der muß vor allem mit dem Tode ins Reine gekommen sein und Ergebung gelernt haben; denn der gefährlichste Teil des Glückes ist die Furcht vor dessen Ende. 33

Unsere Seele ist eins mit Gott und unsere Heimat ist die Ewigkeit. Alle Zeitläufte und Taten sind nur Atemzüge dieses unendlichen Lebens, vor dessen Majestät die Angelegenheit unseres zeitweiligen Sterbens nichts als ein Wäschewechsel ist. 34

Übe deine Seele beizeiten, auf andere Menschen überzufliegen, dann erwarte ruhig den Zusammenbruch deines Leibes. 33

Das Himmelreich will nicht bloß ersehnt, es will auch erworben sein. 34

Es ist merkwürdig. Gerade über die wichtigsten Dinge denkt man nicht nach, weil sie so klar sind. Und auf einmal, wenn man darüber nachdenkt, versteht man sie nicht. 38

Vergiß, was du hast, / gedenke, was du bist, / nimm den Himmel, wie du magst, / und die Erde, wie sie ist. 34

Wie traurig wäre das menschliche Leben ohne Schönheit und Weihe des Ewigen. 21